寂寞很簡單

圖・文 恩佐

一開始，是恩佐與自己的思索，也是和你的對話……

1 寂寞是什麼顏色？

紅色。紅色是什麼顏色調和成的？沒有。

紅色是原色，寂寞其實也是。

簡單的說，如果寂寞是病毒，那麼也是自體裡本來就存在的。

可是喜歡畫圖的人都知道，如果在圖裡加入一些紅色，那麼整個畫面不會那麼死寂，看起來也比較鮮豔而有生氣。

寂寞之於人生也是，一個沒有寂寞的人生，其實是有點平淡的。

不過紅色的比例太多，也可能會讓人感到不舒服。

如果任意揮灑，反而變成了血跡，令人怵目驚心。

所以寂寞不是一件壞事，有時候它會讓生命更有質感。

重點是我們要怎麼處理它，這件事每個人都得學習。

2 寂寞有多簡單？

寂寞往往是自心裡對於陪伴的盼望。這樣說來，寂寞的原因其實很簡單。

如果你沒有這樣的渴望，或者這份渴望被滿足了，那麼你的寂寞就不存在了。

不過問題是，沒有渴望以及能被滿足這兩件事，往往不怎麼簡單。

3 寂寞是哪一個季節？

我覺得最寂寞的季節還是屬於冬天。

寒冷常常是寂寞的幫兇，因此冬天的寂寞比起其他季節更容易蔓延到身體上。

我曾經寫過，如果感到寒冷，就當是北極熊的擁抱。

可是我想說，最溫暖的擁抱絕對還是來自於人的。

撇去那種商業性的不說，一個真心的擁抱意味著：敞開雙手的這個人，是信任你的，接納你的，也有一定程度的愛你。（愛不全然是男女間的）。

擁抱所帶來的溫暖是很真實的，它是從人的表皮進入內心。

冬天是個容易寂寞的季節，也是最適合擁抱的季節。

不過，這個城市的擁抱太少了。

4 爲什麼沒有愛情很寂寞？但有了愛情也會寂寞？

沒有愛情的或者擁有愛情的人不一定會感到寂寞。

所以這個狀況，並不能涵蓋所有人。

不過針對這個問題，首先我們不妨先來想想，寂寞的人渴望的到底是什麼？

其實就是被了解、被認同、被安慰、被需要、甚至能夠得到存在感。

所以如果這種渴望可以從別的地方獲得滿足，那麼其實不一定非得愛情，對不對？

可是寂寞跟愛情的關係始終密切，為什麼？

因為我們常常對愛情裡的快樂有所憧憬，再對比當下生活的不滿，所以就產生了寂寞。

另一種可能是其實我們早就已經處在寂寞裡了，然後我們相信愛情可以來拯救。

雖然都知道就算獲得了愛情，這份渴望不見得能夠被滿足。可是當寂寞來臨的時候，人實在太軟弱了，除了愛情也真想不出還有什麼更好的。

所以沒有愛情很寂寞？往往是人已經習慣了依賴愛情。

當然，愛情用來舒緩寂寞經常成效卓著。

可是我常常在想愛情如果是個有形的人，那麼這個人的肩上一定背著很重很重的十字架。

為什麼有些人終於得到了愛情，卻發現也還是會寂寞，甚至更寂寞呢？

感覺上它的神力到了此刻似乎得重新定義。那種寂寞有點接近幻滅，就好像怪獸入侵，你都派出了最強的超人，結果還是被打敗了。

因為愛情不是無敵的。

事實上，在愛情裡的寂寞有時候很複雜。

可是有些原因可能來自我們對愛情的期望太高。也可能是出在自身對於愛情的理解上。

怎麼說呢？

舉個比較常見的例子好了，你的寂寞可能來自你的愛人不懂得你。你認為既然是愛人，不就應該是全世界最懂得你的人嗎？

可是問題是，連我們自己都不一定了解自己。何況他（她）只是愛人呢？

甚至有時候你是把愛人的了解當成了誤解，因為事實的真相是，你一直「誤解」了自己。

這世界恐怕沒有絕對了解自己的人，只有相對了解的。

可是不管怎麼說，人只要仍期待，這期待就會讓人感覺了陷在裡頭很寂寞，可是往往卻又走不了，因為害怕離開了會更寂寞。

愛情裡的寂寞有時候很可怕，可是那個寂寞有多大也往往取決於我們對愛情的理解，還有自己人格的成熟度有多高。

迷信愛情是全然正義也無敵的恐怕不是一件好事，因為它其實經常會逼我們放棄自己，裸露自己，甚至訓練我們要跟寂寞繼續的共處。

你知道寂寞的發源是打從我們自己心底的，愛人「只是」愛人，終究不是自己，愛情也終究是靈魂的一部分，而不是全部。

也許它一直只是在幫助我們，而從來無法取代我們。

寂寞的抗體到底在哪裡？

能真正治癒寂寞的，可能並不是愛情，而是我們自己。

5 到哪裡去覺得最不寂寞？

我聽過一段話：

風在寂寞的時候，會躲在空氣中。

雨在寂寞的時候，會依附著雲。

可是人在寂寞的時候，

要躲在哪裡？

這段話的作者就是我。所以，你覺得我會知道答案嗎？

不過，寂寞其實是來自人的心底。最好的去處可能還是回到那裡，去跟你的寂寞對話。

6 一天哪一個時刻，最感到寂寞？

我寂寞好發的時間，通常是在夜晚。
因為我喜歡在白天工作，到了夜晚，我會留一些時間去碰自己其他興趣的事情。
不過有時候工作結束了，卻發現做什麼事都沒有興致，連跟別人聊天的意願也沒有。
這樣的寂寞其實還滿棘手的。

7 哪一張圖，最能代表你此刻的心情？

沒有，因為我「此刻」正忙著回答問題。
我知道你的題目裡有陷阱。
老實說，我希望每一篇都可以代表某些讀者的心情。
畢竟，寫這本書的動機，並不是想要自我介紹。

8 哪一張圖，讓你每次看都很有感覺？

我愛你。那個你，在哪裡？

我畫的造型是來自軍艦鳥，這種鳥在求偶的時候，會把紅色的喉囊鼓得大大的。
自己滿喜歡這篇的，雖然它很簡短，但是很深刻。
你想想，有個人想要去愛，可是那個人到底在哪？又是誰？根本不知道，只能對著空氣說「我愛你」。
這寂寞其實也可能發生在不是單身的人身上。

9 用一句話形容愛情裡的自己

一句話難以形容，所以還是別說吧。

10 覺得一個人的寂寞跟兩個人的寂寞，哪一個比較好？

當然是一個人的寂寞比較好，你至少可以想像也許兩個人的時候一切都改變了。
可是兩個人的寂寞，你哪裡也不能去，留下來或離開也都會寂寞，去哪裡都一樣。

11 哪一種畫面最寂寞？

當你愛的人用很幸福表情告訴你，他有多愛另一個人……

我自己是會避免去對別人做這樣的事情。

12 哪一種動物最能代表寂寞？

老鼠或蟑螂吧！感覺牠們很想跟人在一起，可是人們卻很鄙視牠們。

不過，這個世界上最寂寞的動物其實還是人，寂寞這個名字是人發明的。

13 給我們一個解除寂寞的方法？

我好像該講一點有建設性的。

寂寞其實是躲在腦袋裡頭的，它是從腦袋裡發源出來的，所以腦袋如果可以塞滿了，那麼寂寞大概就沒有成長的空間了。

通常我很忙碌的時候，寂寞是比較節制的，不過稍稍喘息時，寂寞會突然暴走。

我常常在想，可能是我那種時候關注的事情太少了。

有時候我們得對自身以外的事情，多一點關心跟好奇。簡單的舉例，這世界還有很多需要被幫助與被安慰的人。

如果你想關心，真的很多事情可以關心。

14 如果給你一張機票，你想到哪裡排遣寂寞？

世界上如果有哪個角落的人們是不會寂寞的，我就會去那裡。

可是沒有這種地方啊。去哪裡都有可能更加寂寞。

我是不太會用「離開」這種方法，來排解寂寞。

15 哲學家羊最近都在討論什麼？

為什麼愛情的書得不到金鼎獎，連入圍都很難？

【編按：哲學家羊，從恩佐小時候就進駐他心裡，陪著他思索著人生的種種問題。透過與哲學家羊的對話與爭執，恩佐得到了許多創作靈感。】

16 接下來的哲學家羊的計畫？

短期內我會再出一本書，書名叫《寂寞長大了》。
至於長期的，我的想望就是創造好的作品，其他的事情我不會想太多。
有時候我會有一種想法：
如果到了六十歲我還在創作，那就真的太酷了。
因為第一，表示我可以活到那個年紀。
第二，表示還有人想看我的作品。
第三，那時候的我跟創作一定還維持著不錯的關係。
說真的，我還真想先看看老了的我在寫些什麼。
不過能多老，這一點我沒有把握，也想順其自然。
如果到了六十歲我還在創作，我應該會很想後空翻吧。
可是骨頭可能會散了，所以應該只會在心裡偷偷來那麼一下。

17 給打開這本書的讀者一句話？

謝謝你們打開這本書。

18 給害怕寂寞的人一句話？

我很怕老鼠，所以我會想各種辦法遠離牠。
沒有人是不怕寂寞的，所以不必勉強。
可是，如果你真的夠怕，你一定想得到辦法遠離。
除非你是有一點點喜歡的。

19 覺得自己可以讓別人不寂寞嗎？

不行。

20 做完此問答的心情……

這本書的主題是愛情，為什麼一直都在問我寂寞呢？
這種心情……真的很寂寞。

content

之一・確實存在的可能

之二・所以，我願意

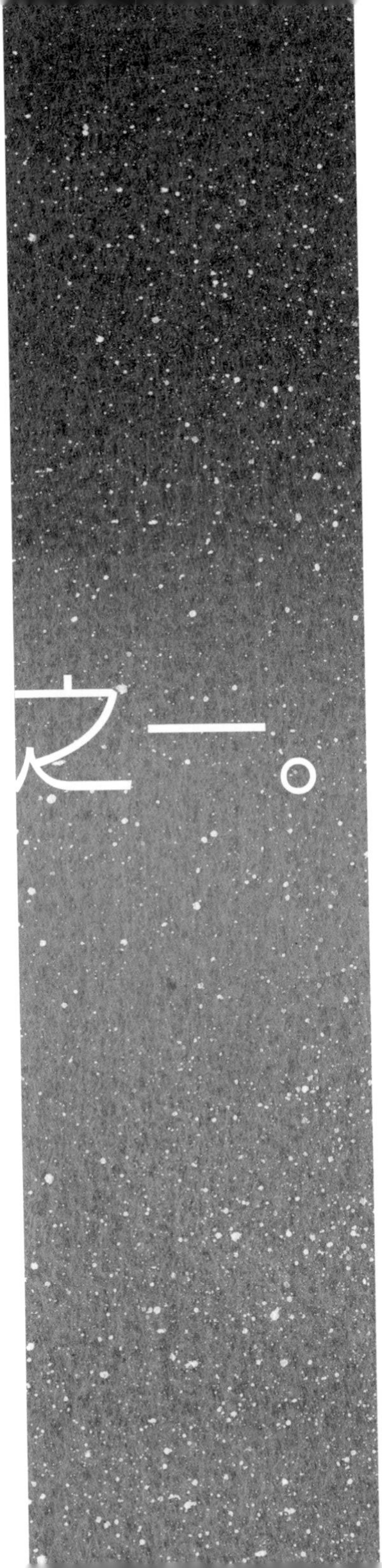

確實存在的可能

不想愛

誰說愛情是上天給人的基本配給
誰說生命中注定要愛上一回

想愛
都是因為寂寞浮起了
然後
你選擇了用愛
來掩蓋

可是
你也可以選擇別的
不一定
非愛不可

跟我無關的經典

轉角遇到愛
轉角只會撞到人吧
向左走？
向右走？

哪裡有什麼百分之百的女孩

我再也不相信大師說的了

根本沒有蝴蝶
什麼都是騙人的

睿智的哈姆

我的朋友哈姆
大學時代很受學妹歡迎
有天他從裡頭挑了一個變成自己的
結果其他的學妹都散了

當時我笑他笨
居然為了一棵樹
放棄整片的森林

可是多年後的今天
我終於明白他是睿智的……

至少他曾擁有一棵樹
而我
就連一片葉子都沒有

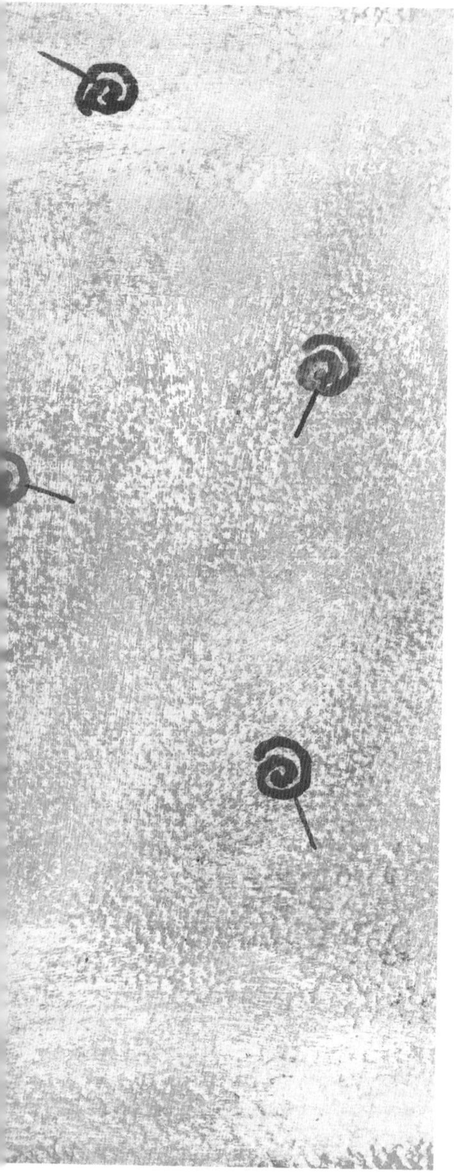

情非得已之分手理由

人之所以會編出無數的
情非得已之分手理由
有些時候
純粹只是不想當個罪人

可如果你太陶醉那華麗的辭彙
而忘了分手才是對方真正的目的
那麼童話是這麼提醒我們的

無邪的小紅帽
最後還把大野狼給幹掉了

男主角．女主角

我們很少以某些人作為愛情故事裡的主角
這反映了
我們在愛情裡對於美的執迷
同樣的也顯露了
對於愛情
我們想像力的侷限

包裝

愛心大氣球掉進了水溝
等我救起來的時候
花散了
人也髒了
我只能被迫在這種鬼地方求愛

唉……
這樣也好
包裝消失了
妳的答案也會變得更誠實

原罪

這星球實在太複雜了
就算動機單純也遭殃
光是**對不起**其實就有一百種原因
何況我說的
是**喜歡**

愛不對人

我喜歡一隻北極熊
結果我被他咬傷了

我喜歡一隻獅子
結果我著涼了

後來
我喜歡一隻海鷗
結果他飛走了

最後
我喜歡一隻青蛙
可是我跟他難以溝通

你說我明明就應該找一隻狗？
可是
我就是不喜歡狗啊

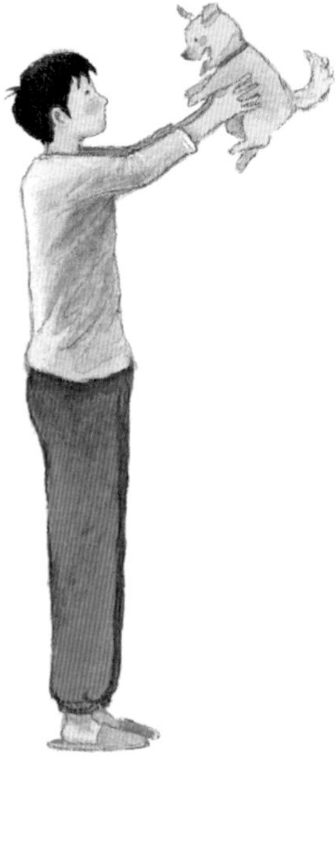

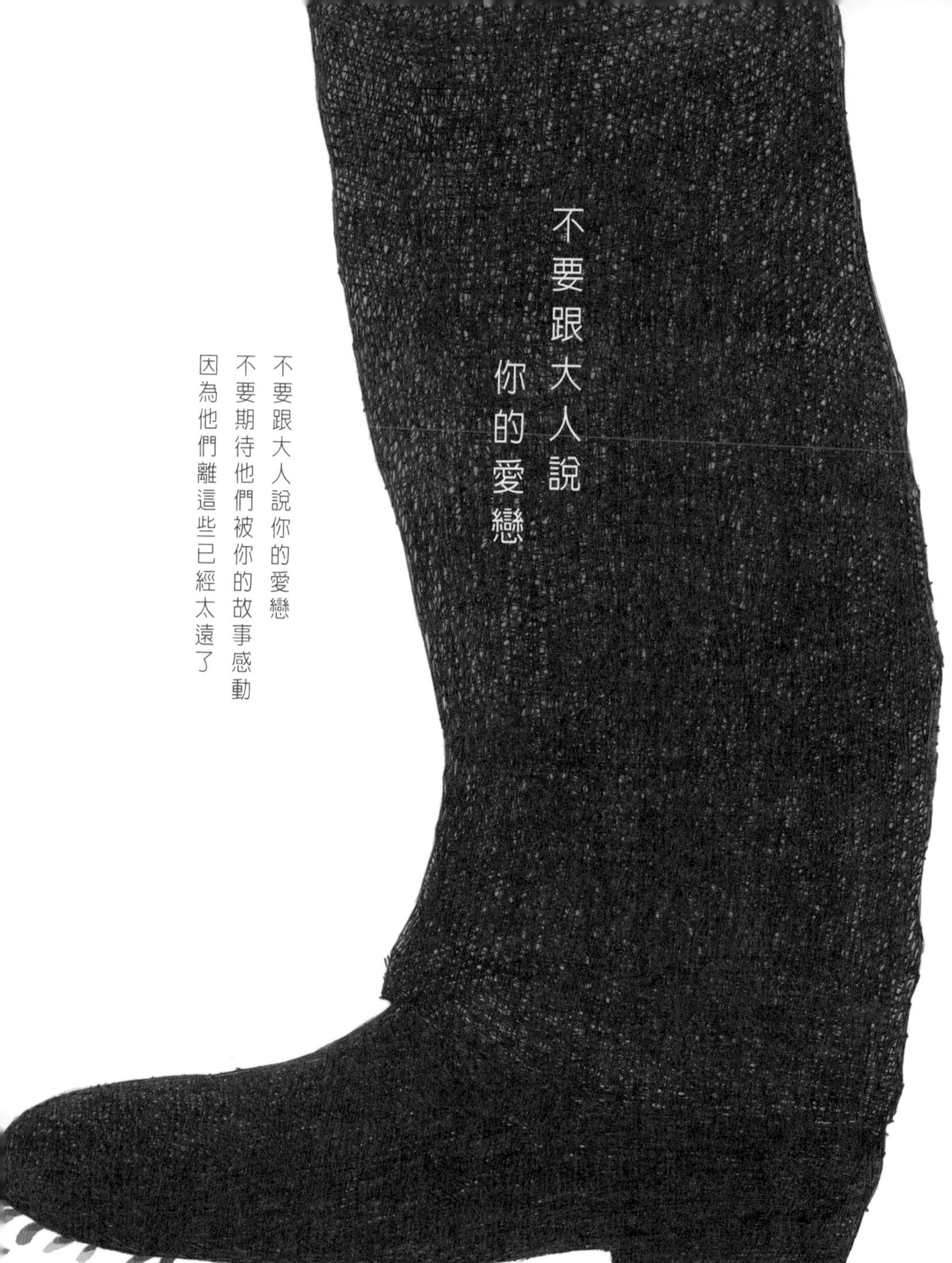

不要跟大人說你的愛戀

不要跟大人說你的愛戀
不要期待他們被你的故事感動
因為他們離這些已經太遠了

那種讓我們胸口顫抖的情詩
對他們來說已經是遙遠的象形字
那種讓我們怦然心跳的畫面
也只是他們曾經天真的錯覺

關於年輕的愛戀
他們也許無力無心再有任何期待
也無法無膽在確定的人生中另闢想像

戀愛是青春的遊戲
既然是遊戲
就要有一點天真的相信

可年輕的你千萬不要去鄙視他們

因為他們都曾經是另一個年輕的你
而絕大部分的你
有一天
也可能不自覺的
變成他們

愛情是一場遊戲

愛情是一場遊戲
你要遵守規定
這個遊戲才能成立

愛情是一場遊戲
我們固然在乎結果輸贏
但過程真的很重要

愛情是一場遊戲
你之所以參與
到頭來不都是為了開心
所以憤怒與悲傷
千萬不要變成主題

愛情是一場遊戲
如果輸了
就當是中場休息
因為明天一早
你將發現
又會有人再度邀請

等於

你＋包容－習慣×責任÷自由＝？
妳＋美貌－青春×美德÷自主＝？

當你或妳在這樣的換算之後
看見了真實的自己
那麼對於真實的她或他
感同身受的程度
是否……
也等於呢？

他們說

他說愛是一朵小花
另一個他認定了那是片海洋
你想要習慣

有人陷入了泥沼
有人在天空遨遊
你跟著想像

有時候
人們故意畫上了華麗的顏色
也可能蓄意讓它顯得樸素深沉

有些人嘗試把愛挖得像峽谷一樣深
有些人自信能鋪得像馬路般秩序平整

愛情當然變得複雜了

可是
你到底看到了什麼？

有時候你真該
背對著他們

輪迴

你不知道再沒幾年
他們將把對方視為最大的仇敵
然後用彼此的了解
再讓對方一刀斃命

然後不久
他們會要你公評
好讓他們分個輸贏

再大一點
他們會說若不是你
他們早就要分離了
好像他們的痛苦都跟你有關係

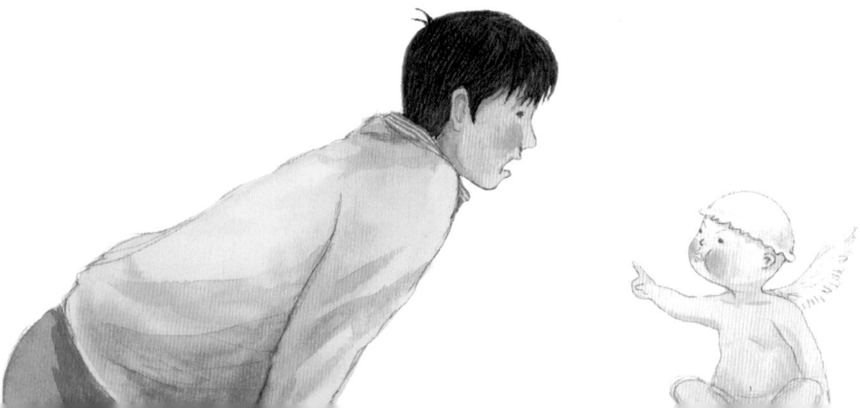

最後你真的長大了
他們會說該結婚囉
為什麼
結婚很正常
哪來什麼大道理

你快去阻止他們
等我生下來
一切都來不及了

溺愛的結局

他老說想自由
可是一離開井底
才發現自己渺小極了

原來他以為
可以征服更大的世界。

可這是哪來的妄想
不都因為妳寵他
因為妳愛他
所以眼就盲
對他猛點頭
老說他最棒

如果他是王
何必耗在妳身上？

當王離開了妳
驚覺自己只是癩蛤蟆
當他看到他的悲哀時
妳知道
妳的問題出在哪？

秘密

妳對我而言是何等的美麗
妳帶給了我最大的快樂
沒有妳生命還有什麼美好可言
我將一直堅定的守著

可是我為什麼要這麼做？
因為我不可以失去妳
難道你們沒想過
這麼做
其實不也是為了我自己

然而所有人都會感動於我的執著
所以他們永遠不會發現的

只有樹洞知道這一個秘密
只有它知道
我是多麼的自私

黑白

你說
如果我是單身
那麼我對你來說是白色
可是
如果我已有了另外一個人
那麼我是黑的

可是你不知道
白色的我
心底可能有一大塊的黑
黑色的我
心底也可能有一大塊的白

如果你以我是黑或白
來決定你要不要愛我

你會後悔的

確實存在的可能

如果你始終沒有遇到真愛
那麼一定有人說
那是機率的問題
要不就是少了愛人的能力
確實
這兩種可能性都是存在的

可是
在真愛沒有出現前
要怎麼印證哪種推測是對的？

而更慘的是
人一輩子都印證不了的可能性
也是確實存在的

我

我是不是不愛她了？

是的，你不愛她了，
你不再因為她而感到快樂，
你覺得相處的時間變得漫長，
你對你們的未來沒有想像，
甚至，你已經失去為她犧牲的勇氣。
是的，你不愛她了。

怎麼會這樣？我根本找不到什麼原因？

這很正常，愛本來就是會增減，
你只是不幸的正朝著減少的方向。
這原因很多，可是你不必非釐清不可。

但是爲什麼會發生在我身上？

這就像疾病一樣。
而這種疾病，它通常只找戀人。
這一次，他找上你了。

我從來沒想過我會不愛她的，
這只是我的錯覺吧！

如果不是錯覺呢？
你當然可以催眠自己，但是只要是催眠你還是會有醒來的時候，
到時候你會比現在還痛苦。

可是我不該這樣的！

只要有一顆活著的心就有可能會這樣啊。
想愛或不愛從來就不來自於「應該」。

但她是個好人……

難道你不知道，你也曾經是個好人，別人並不會因此就得愛你，
而今天不過就是角色換過來罷了。
記得！好人從來就是神明要的，而不是戀人要的。

可是如果離開會對我比較好嗎？

機率是百分之五十對五十，可是離開的報酬比較大，
你要不要試試看？

離開的報酬比較大？

離開了你的選擇海闊天空。
陷在這裡你的選項有多少？你說呢？

我離開，她會恨我一輩子。
一輩子？別把自己想得這麼偉大。
當她找到愛她一輩子的人，她會感謝你的。

如果她沒有找到呢？

首先，讓她活在欺騙中，她幸福的機率幾乎是零。
讓她試試看，會有百分之五十的機率。
這是一個很簡單的數學問題。

可是假設我再給自己一點時間……
給我們一點機會，如果我會從愛她變成不愛她，
會不會也可能由不愛而重新再愛？

唉……真是可悲啊！
愛對你們這種人來說到底是什麼？
你把此刻不愛了的東西當成一個標的去愛，
然後勉強自己前進？到底是要完成什麼？

愛是一種承諾，至少人該爲了這個承諾去盡力。
所以我懂了，你真正想要的不是愛情，而是承諾。
但問題是，如果你還有心思想去盡力，你不會困在這裡。

不能這麼說，愛沒有承諾豈不成了一場遊戲？
愛情都是因為快樂才開始的，也是為了追求快樂。
這樣說來，愛情的確是一場遊戲。
可是，明明就為了自己的快樂，卻要拿永恆來包裝。
你有沒有想過，承諾是建立在不相信的基礎上。
最後只是為了抓住對方也好抓緊自己。
承諾沒你想得這麼高尚。

可是愛情畢竟不能與遊戲等同啊！
是啊，遊戲比愛情公平多了，
愛情是無法公平的，不是嗎？

所以你要我變成一個辜負的人？
有什麼不可以？
你此刻就在辜負你自己。
拖久了才真的是辜負她。

這樣所有人包括我都難原諒自己的。
我說過了，她會感謝你，
到時候你也就會原諒你自己。
至於其他人你更不用擔心，
這種事只是茶餘飯後，
每個人都有自己的煩惱，
你們的事他們很快就忘了。

可是我不想忍受別人說玩弄感情。
他們根本不了解，你只是不想被感情玩弄罷了。
那些虔誠膜拜的人，你不知道他們的內心圖的是什麼。
當人們想要緊抓愛情的時候，是道德的鐵衛軍，
當他們不要的時候，他們崇尚個人自由。
這些人滿口道理，卻不見得比你不自私。

不！那是別人的事，我只管我自己。
沒有錯！我就是要你只管你自己。
沒有人有資格評論誰，所以你管別人說什麼？

這麼說，我眞的可以離開她？
沒錯。難道你不想？

爲什麼愛情會逐漸冰冷？
我眞希望可以永遠迷戀著另一個人。

熱戀只是上帝設計的開胃菜，
熱戀結束，才是愛情的開始，

但開胃菜畢竟只是開胃，
事實證明了你不想吃這道主餐，
你不知道大部分的人都是被上帝耍了？
而其實你也是個受害者。

可是我覺得我將變成一個加害者！
我可能會變成別人生命裡的災難。

你要確保另一個人永遠幸福？太偉大了！
我倒是覺得你自己現在就活在災難裡。
你知道嗎？
你無法面對她、面對所有人、甚至是你自己。
簡直就像個末路之徒。

我也不知道，我只是不愛了，爲什麼會變成災難？

這災難是你給你自己的。
原因只有一個，
你想做別人眼裡的好人。

我該怎麼結束這一個災難呢？
難道我不能繼續做個好人嗎？

你只有聽我的，忘記好人這件事，災難才可能結束。

不，愛情在你的嘴裡簡直變得荒謬不堪。
我不能聽你的，你是惡魔。

我是個惡魔？那是對其他人而言吧。
只有我聽得見你心底的聲音，
看得見你心中的渴求，
我不以世俗的對錯來評論你。
我只站在你這邊。
我，是你真正的天使。

可是天使只會讓人變得更好？
我不覺得你有這麼做。

你很清楚怎麼做可以讓自己更好，就是不要再愛你不愛的。

可是你不敢面對，你不想承認你真正愛的是你自己。
你沒有發現，我說的每一句話，
都是你想說的，毫無掩飾，真真實實。

我想說的？

當你愛一個人的時候，我是不存在的。
可是，當你對自己幸福的想望，
超越了你們兩人共同的，
你就會看見我。
因為這一刻，我，其實就是你。

去問愛情。
看它讓不讓你
做好人。
我想做好人

之二。所以，我願意

如果說

如果我說妳漂亮
那麼我希望妳知道
妳是一路上難得的美麗

如果我說喜歡妳
那麼我希望妳看見
我正嘗試著因為妳而停留

可是
如果有一天我說我愛妳
那麼我的心已經繞了地球好幾圈
我深深的明白
沒有妳
降落與飛行
都不再有意義

浪漫

只要是個男的
就不會是花前月下的動物
他之所以浪漫
那是因為愛情啊

因為愛情
可以讓無感的惡魔
看見星星的光芒
可以讓粗暴的野獸
願意
在花的面前低頭

幼稚

幹練的領袖
權威的專家
那台下的愛情裡
他們可能是幼稚的孩子

浪漫的詩人
才華洋溢的導演
在愛情的天空下
他們仍渴望當個幼稚的孩子

理智的爸媽
嚴肅的師長
當他們語重心長
曾經他們也是幼稚的孩子

愛情讓人保留了幼稚的可能
因為你幼稚、所以你愛了
因為你幼稚、所以他愛了

那一刻

生命中有一種時刻
尼采與叔本華都幫不上忙

那個時刻
羅蘭巴特只能停筆
舒伯特也情願無言
而你的睿智
將完全消失

生命中那一刻
世界沒有別的
因為
戀，開始了

愛要怎麼玩

誰能跟誰說
愛要怎麼玩
誰能指導誰
怎麼玩最棒

如果我們都能讓它不落地
如果那是我們相愛的原因

那麼
誰能決定誰
愛
要怎麼玩

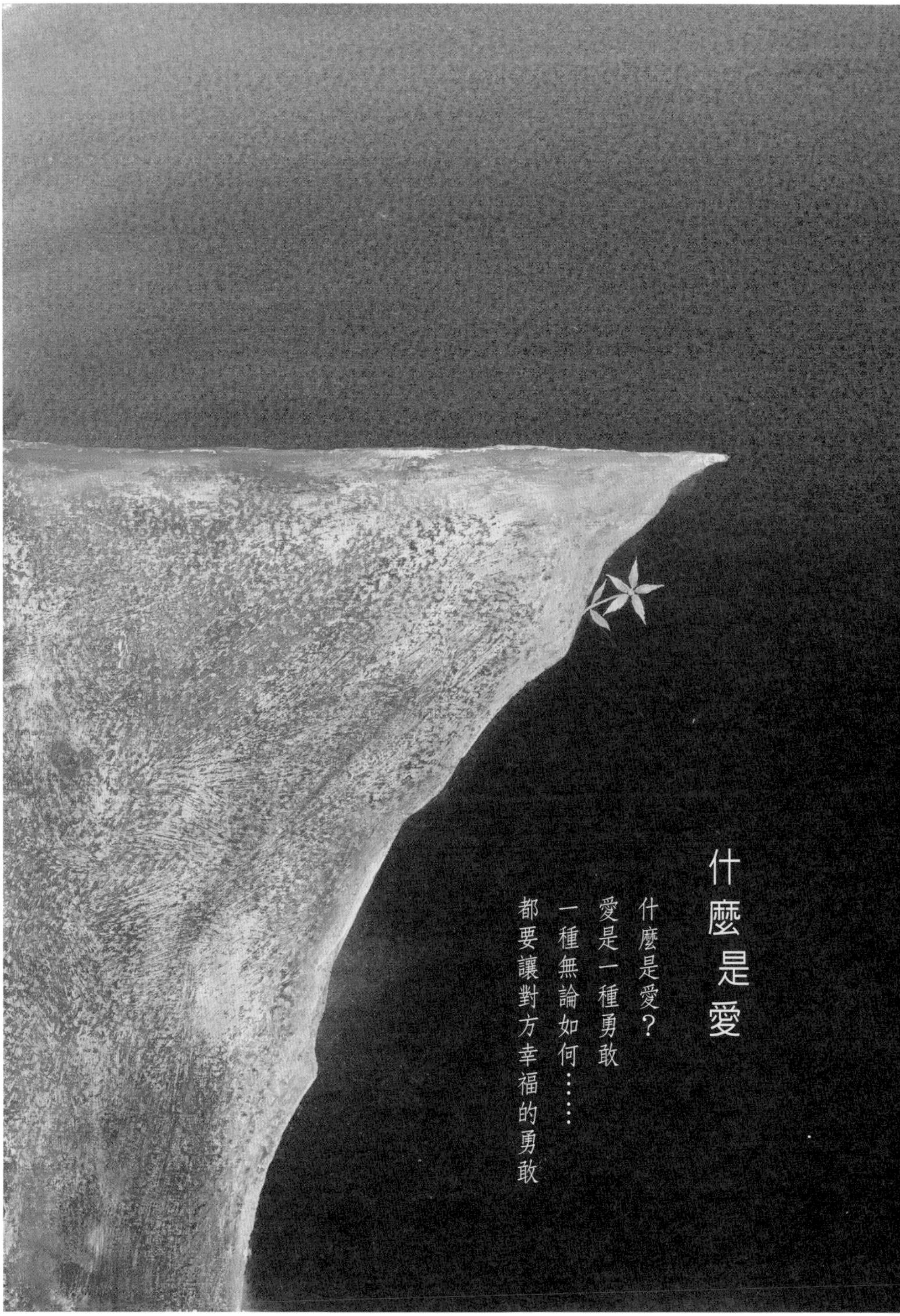

什麼是愛

什麼是愛？
愛是一種勇敢
一種無論如何……
都要讓對方幸福的勇敢

比數學更困難的問題

想用最大的努力去表達誠意
最後卻變成了騷擾
換成我們被追求的時候
又不知道姿態該做到哪裡
才不會被看破手腳

有誰可以告訴我們
在愛情的被動與主動裡
一個能供參考的座標

世界上明明有比數學還難的問題
學校老師怎麼都不教？

汪！老師自己也
不懂啊！笨蛋

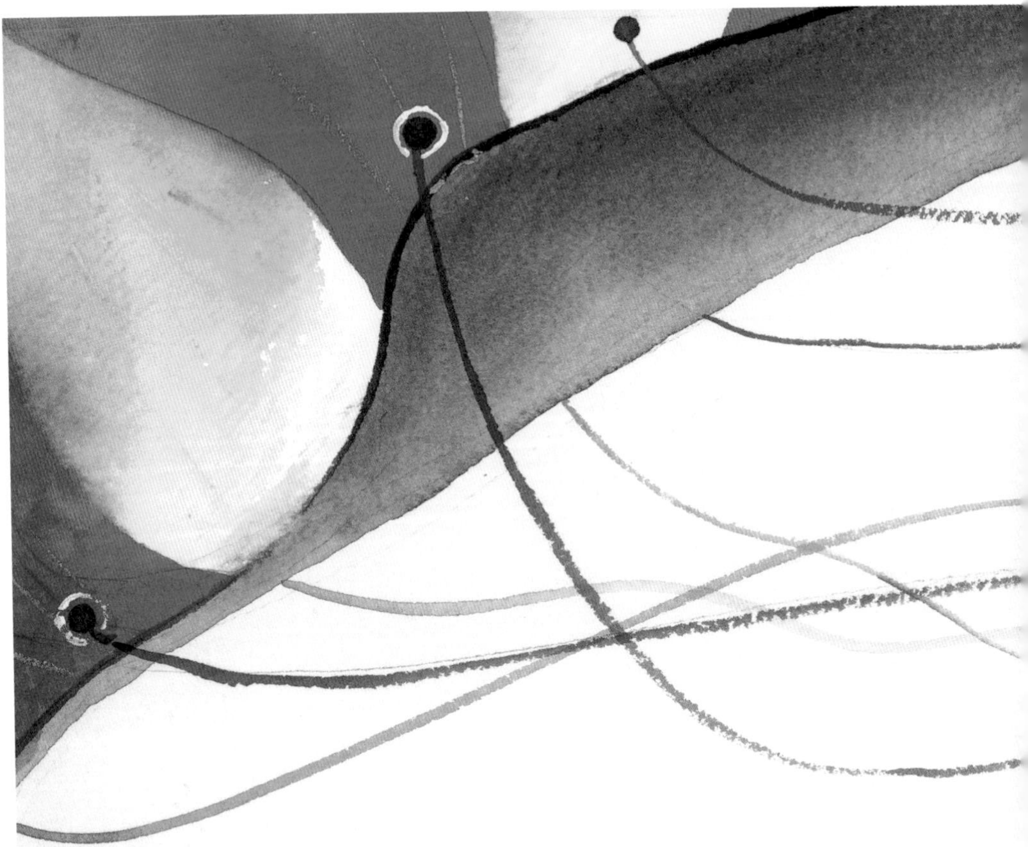

忘記

我可以飛翔
只要等我一下下
等我
可以把妳給忘了

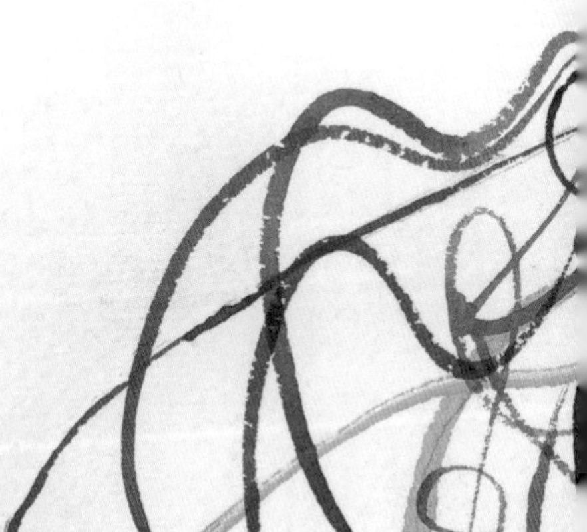

對錯

我們的愛情終於可以破繭而出
因為我不再堅信自己的對
也開始理解了
你的錯

看得遠

那怕只是十秒後的世界
沒有發生前
啵
什麼都是虛的

看得遠不會比較幸福吧

少了平凡的愚蠢
往往
也少了平凡的快樂

長頸鹿如是說

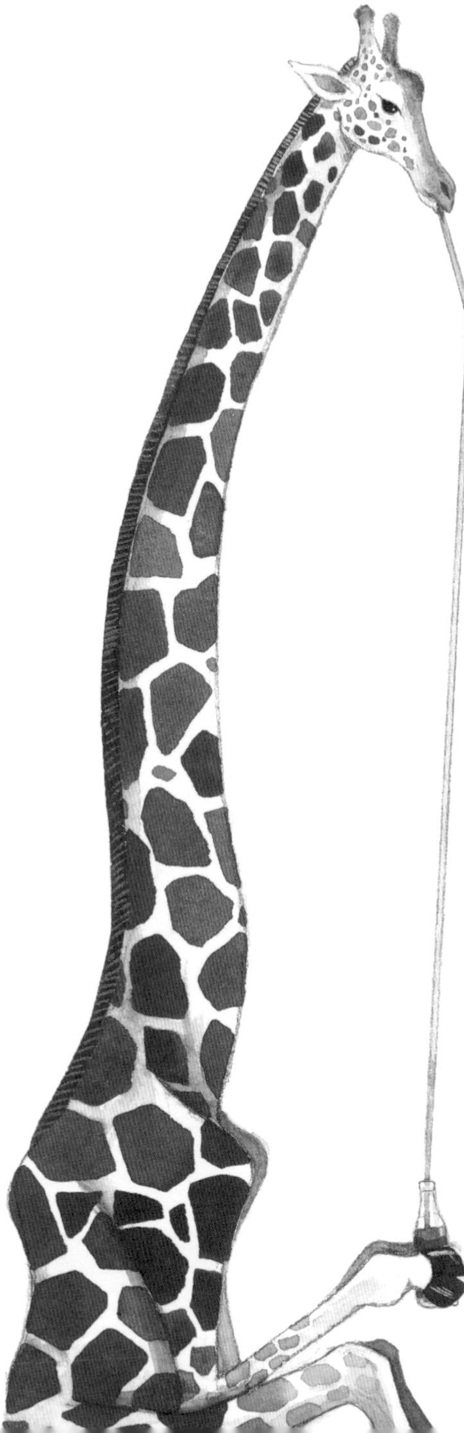

故事

咖啡杯靜靜的
聽著我們的故事
它聽見了開始
聽見了結束

承諾的一切
如今就像是杯裡的咖啡
殘留的
也早已冷卻

只是
下一個戀人
也許
會讓杯子再次溫暖

至於
那些年彼此訴說的一切
那一段故事
咖啡杯就算碎了
也會永遠的記得

百分之百的情人

在電影之外
好像誰都得不到滿分
除非一場戀愛只花三個鐘頭
否則不管是男生女生
最後不也都破綻百出嗎

不如就饒了他吧

或許
你的情人真沒什麼天份
也不是什麼萬中無一的高手

但至少
可能是世界上最愛你的人

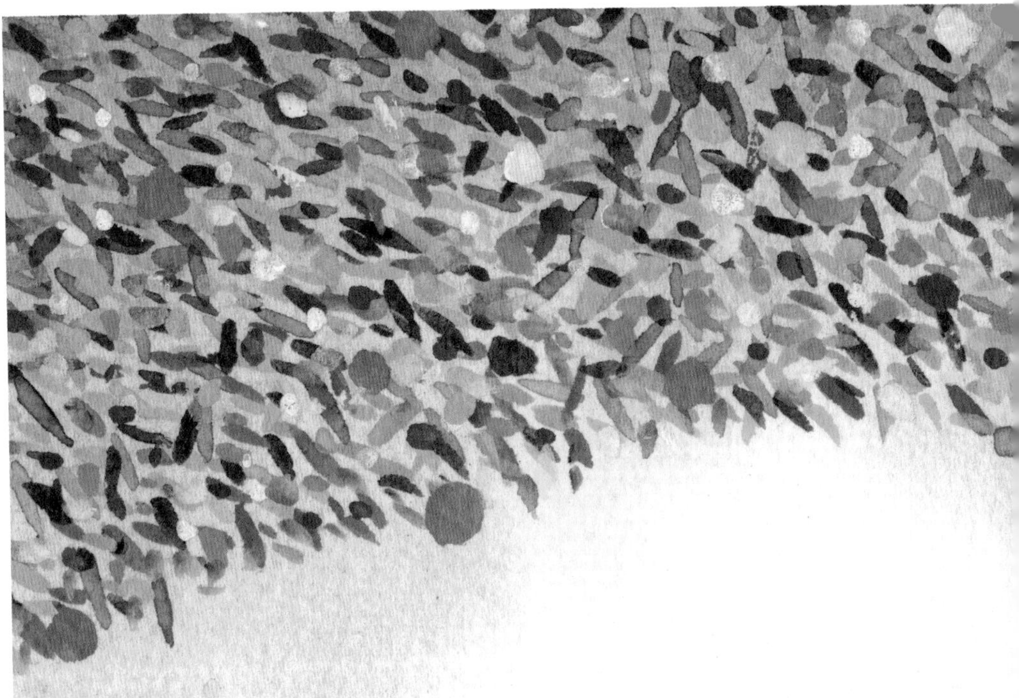

活該

身旁的那個人
最後會不會變成王子？
然而
就算知道是賭注
結果揭曉前
就是不甘願離開

你說到處都是王子
可是我說
如果我不愛
癩蛤蟆就是癩蛤蟆
永遠都是癩蛤蟆

你說的對
……
我活該

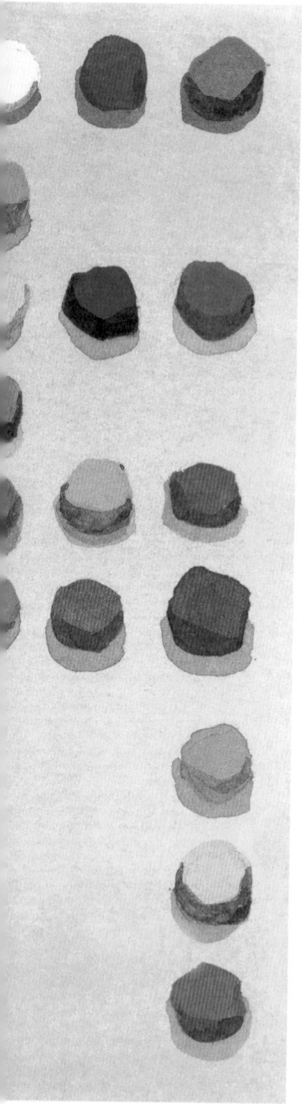

略懂一

只有真心是留不住愛的
兵不厭詐
這是戰爭

這道理多年後
我終於
略懂

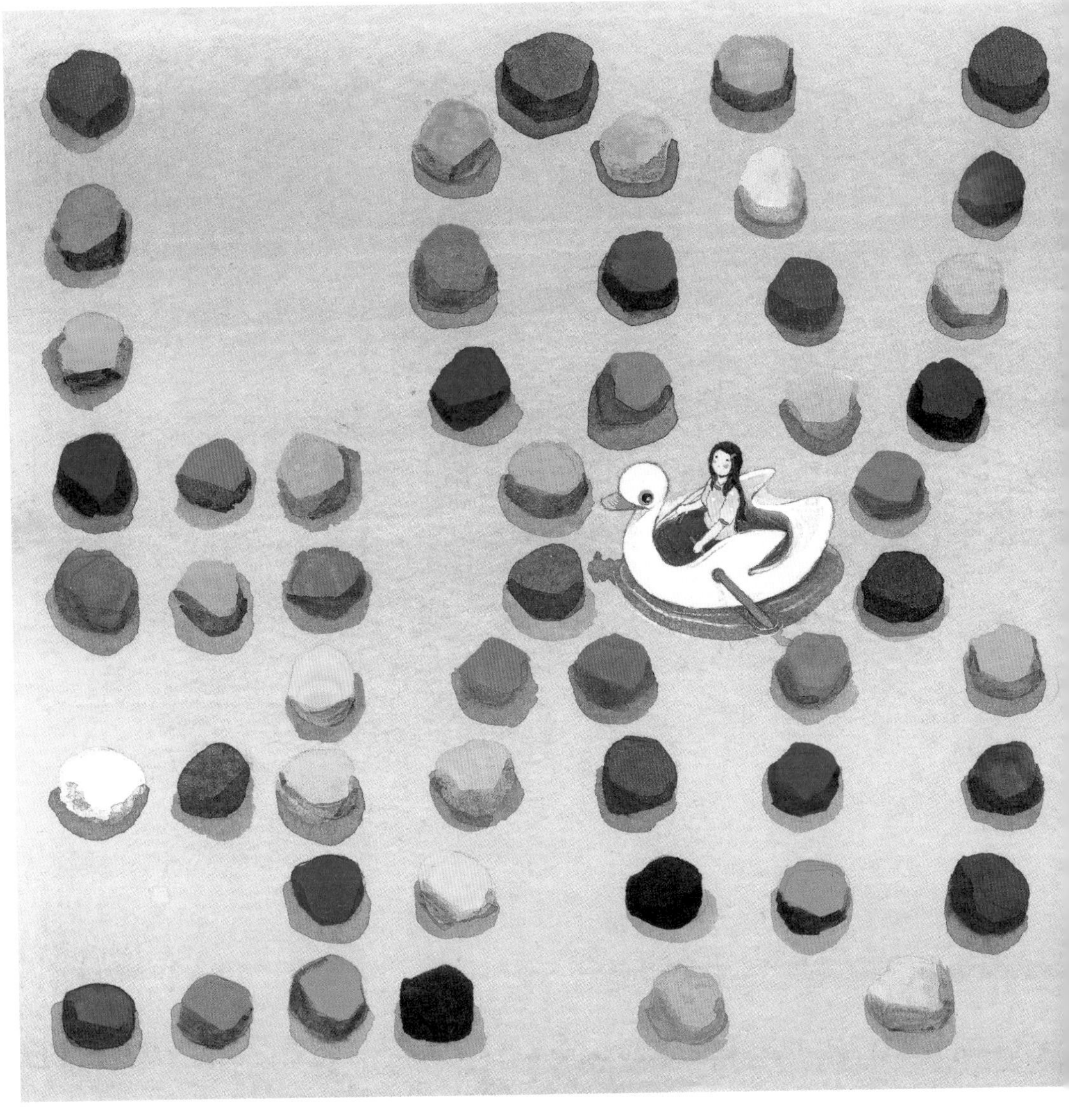

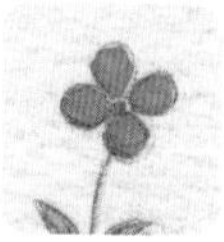

破功 I

管你是不是愛走低調路線
遇到了喜歡的人
還不是
照樣破功

破功 II

管你篤不篤信內在美
遇到了喜歡的人
你會開始賴在鏡子前

破功III

管你想的是不是
一直想得剛剛好
遇到喜歡的人
你就是會……
想太多！

願意

妳看到的快樂跟我看到的一定不一樣
我看到的悲傷跟妳看到的也不會相同
如果一切可以完全緊密那就太棒了

可是親愛的
不管我們怎麼努力
永遠永遠都會存在著落差
對不對

然而妳知道
如果愛情可以翻譯
會不會原來就只是三個字
我願意

願意往對方的悲傷靠近
願意往對方的快樂靠近
因為我愛妳
所以……
我願意

之三。終於悲哀的寂寞

那個你
我愛你。
那個你，
在哪裡？

形式

有時候我們說
我們不要形式上的愛
可是我們時時刻刻都可能活在形式裡

偶爾你發現
和某個人看電影
其實比自己的情人更有趣
偶爾你發現
跟某個人聊天
比自己的情人還開心
甚至有時候你更偷偷的發現
某人的肉體比自己的情人
更有致命的吸引

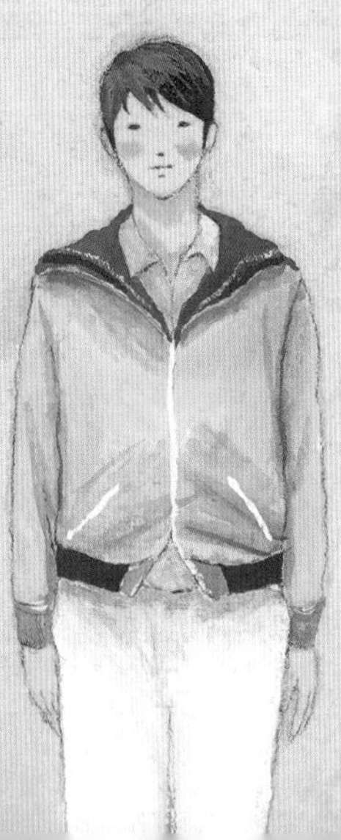

可是
即便這不影響你對你情人的愛
但你選擇與自己的快樂隔離
為了遊戲規則
為了他的感受
你都願意放棄

我們總說
形式的愛是可悲的
可我們常常藉著種種的形式
要去證明自己的內心

而同樣的
我們自己也以為
透過種種的形式
就能測量出
對方的真心

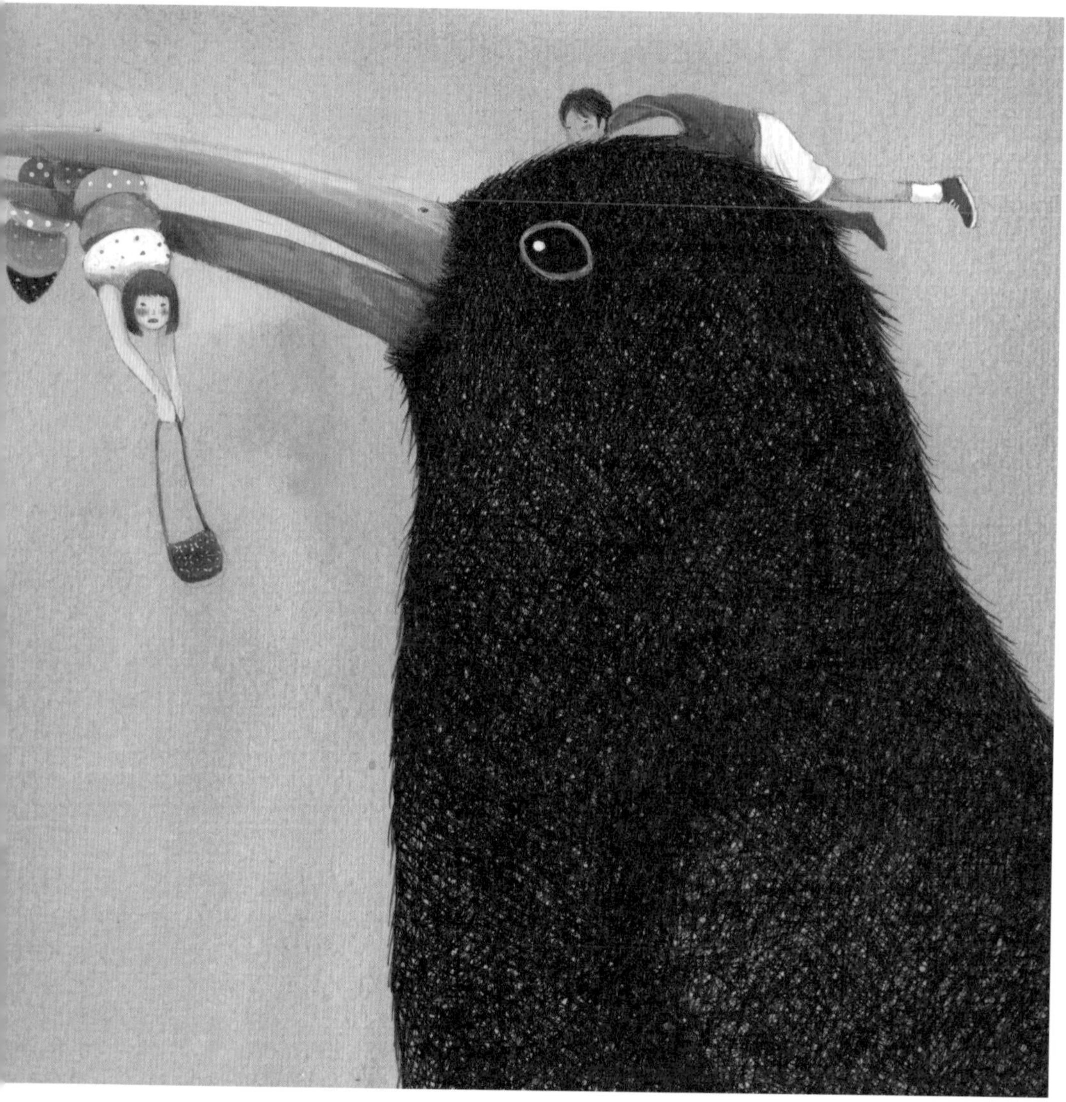

毒

我已經有能力去看見表面以下的美麗
所以同樣的
我也能夠這樣的去看見醜陋

如果有一天我放了妳
也許是我發現了
妳身上的某種毒

妳沒有錯

只是這種毒
正好
我無力分解

還是會寂寞

最可愛的寂寞
是人無邪無知甚至是無能的靜坐著
因為抵抗寂寞的行為太容易犯錯
尤其在愛裡頭

有一首歌叫做還是會寂寞
如果把這首歌唱給不該愛的第三者
那寂寞
會不會更濃郁？

可是背叛似乎只能作為歌名
卻無能救贖背叛者的罪
只是
失德偽善貪心懦弱都好
不管怎麼樣

寂寞是背叛的原因
而背叛只是抵抗寂寞後的結算

當CD轉到了另外一首旅行的意義
聽見那美麗的聲音輕唱著
你離開我，就是旅行的意義
不知道為什麼
突然覺得情歌好無情

也依舊不明白
為什麼聽了旅行的意義
也
還是會寂寞？

愛情的盡頭

好了
該努力的都努力了
終於成型了以後
那麼接下來呢
接下來
除了努力維持
還能做什麼

而且再怎麼維持
早晚不都得滴答滴答的融化

它會融化成什麼
會不會最後
只剩可怕的形狀

危險動作

我可以做出各種動作
來證明自己的執著
就算我很怕
全身不停的發抖
可是只要妳開心
等下我還可以再表演吞火……

但是
每當我這麼做
難免會疑惑
到底我要的愛是什麼

讓我犧牲這麼多
這樣的妳
愛我？
不愛我？

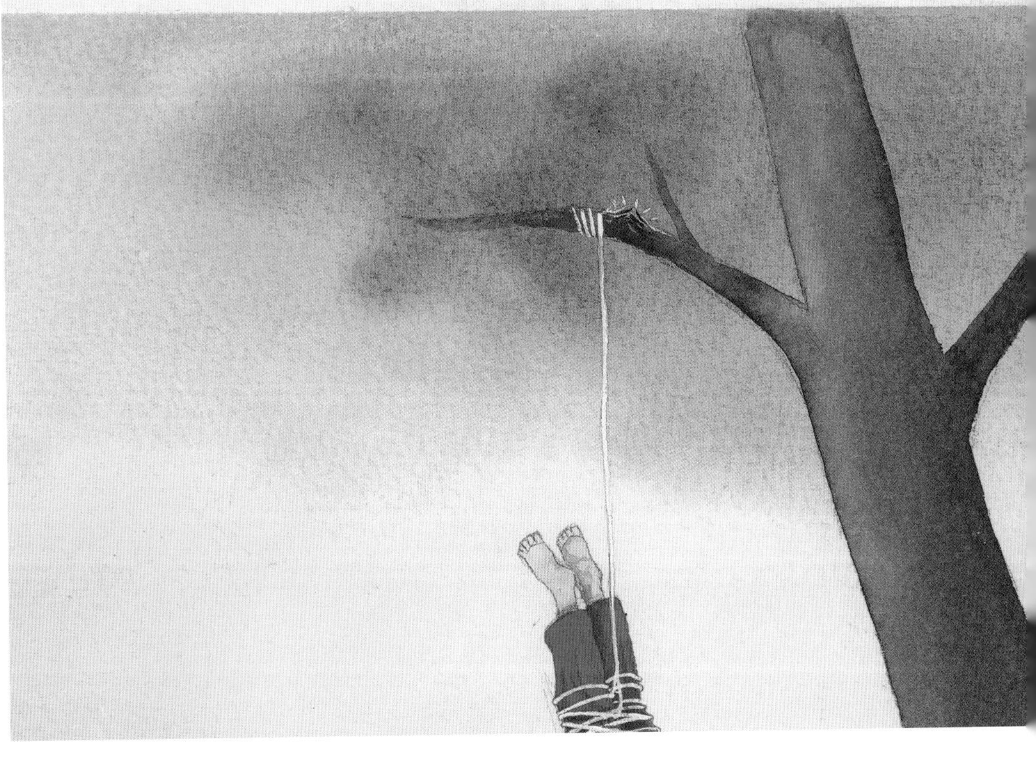

最後

我也是一條魚
妳相信嗎
妳會相信的
因為當我這麼說的時候
連自己都深信不已

只是後來
我終究回到了天空
而妳的淚都乾了

再一次飛翔的我
騙了妳
也騙了我自己

可是妳不會知道
我寧願不是個高明的騙子

我寧願我可以
在水裡呼吸

孤獨·寂寞

寂寞的人
很難理解為什麼有人可以安於孤獨

安於孤獨的人
也很難解釋為什麼獨處的時候
沒有這麼寂寞

只是
寂寞的心
可以在愛情裡獲得救贖嗎？

而走進了愛情裡
又還能擁有
多少的孤獨？

作家之死

終於
我發現愛情根本不是那麼一回事
我被騙了

那一天
我坐了時光機回到從前
我把當時最喜歡的那個作家
給宰了

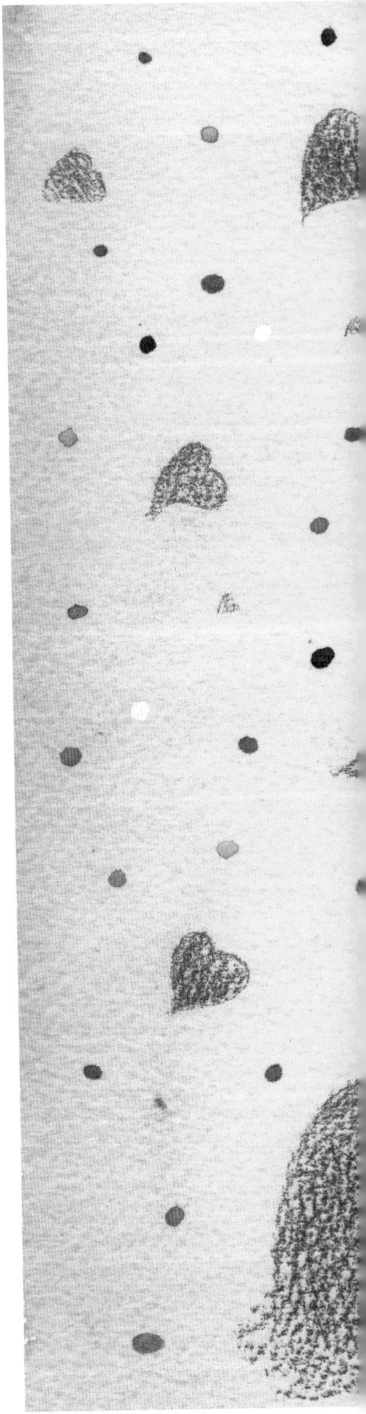

完成

你曾經熱烈的書寫著愛情
但你停筆了
因為追求與完成之間的距離
人才有成為詩人的渴望

你曾經為愛情拋頭顱灑熱血
但是你卸甲了
因為理想與現實的落差
人才有革命的瘋狂

直到你追求的那一刻來臨
你終於摘下了

你還想追求什麼
你還能追求什麼

筆藏了
槍也收了
什麼
都結束了

因果

寂寞
讓人想愛了
想愛
讓人更寂寞

裂縫

你以為的自己的進步
會不會只是個假象
充其量
只是一種變動罷了

而你認定的
他的停滯不前
會不會也是個錯覺
或許
那正是他生命裡最圓滿的點

為了誰是上進誰是停滯
讓彼此的感情產生了裂縫
可是上進與停滯
會不會也只是表面的問題

真正阻絕彼此的……
是我們無力也無心
再往對方的世界裡靠近

可是

真的
我真的可以自己坐車回家
也知道肚子餓了就應該吃飯
真的
我知道天氣涼了必須加件衣服
走在馬路要小心車輛
我還牢記你說的
外面的世界虛情假意（除了你）
男人的內心更是邪惡無比
……
我明白是因為你愛我
想要好好照顧我
可是……

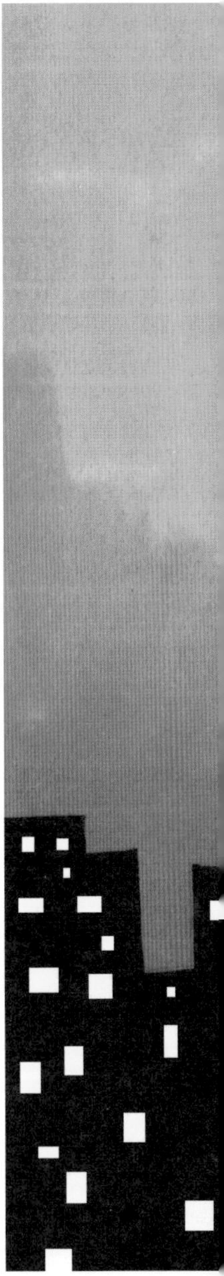

容量

那一晚
夜空中有上千顆星星
城市裡有上萬盞燈

那一晚
她離開了我

因為她終於知道了
她是我此刻愛情裡的
……
第二個女孩

非誰不可

沒有非誰不可
只是感覺有人陪伴
生命可以比較完整

沒有非誰不可
只是需要有個角色
好來共演想像裡的劇本

我可不可以說
當你正為了這個人傷心的時候
你已忘了上一個
所以
當你為了下一個傷心時
就會發現眼前的這個
也只是過客

我們總以為非誰不可
那都是太過深信
愛情必定是注定好的緣份

可是我想告訴你
不管是相聚也好分離也罷
愛情自始至終
從來就只是
人們自己的選擇

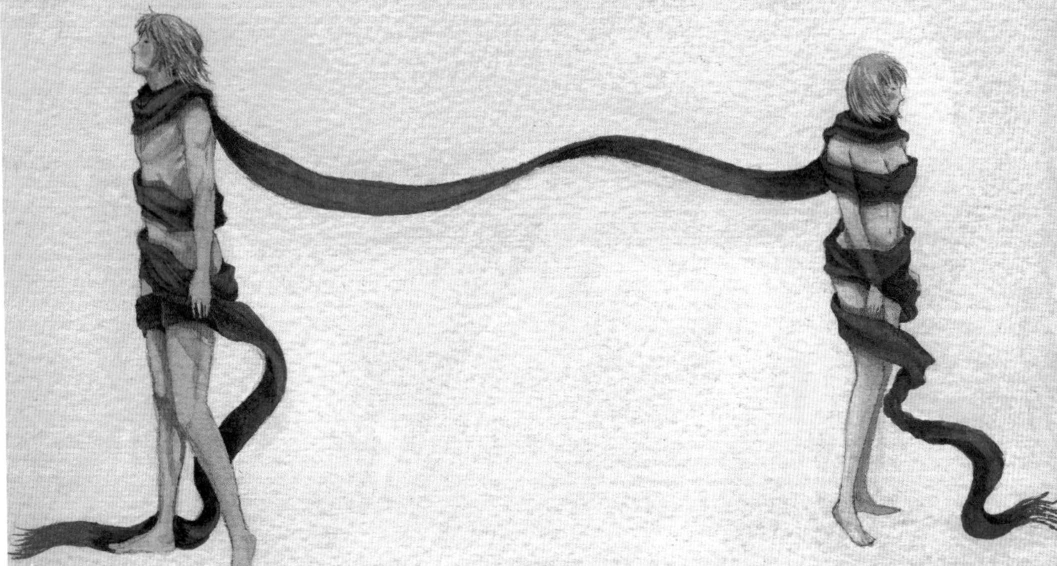

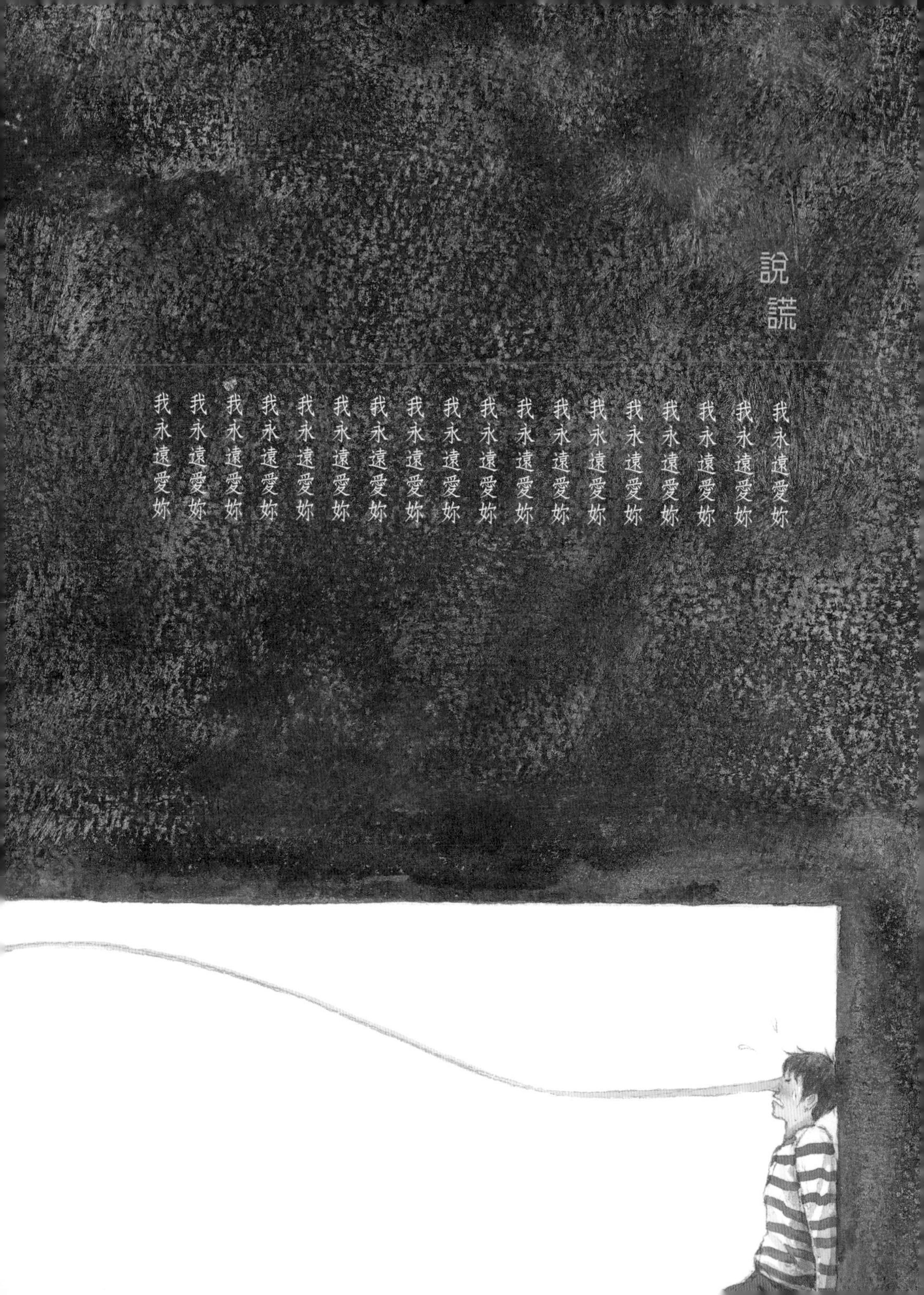
說謊
我永遠愛妳
我永遠愛妳
我永遠愛妳
我永遠愛妳
我永遠愛妳
我永遠愛妳
我永遠愛妳
我永遠愛妳
我永遠愛妳
我永遠愛妳
我永遠愛妳
我永遠愛妳
我永遠愛妳
我永遠愛妳
我永遠愛妳
我永遠愛妳
我永遠愛妳
我永遠愛妳

我永遠愛妳
我永遠愛妳
我永遠愛妳
我永遠愛妳
我永遠愛妳
我永遠愛妳
我永遠愛妳
我永遠愛妳
我永遠愛妳
我永遠愛妳……
我……我永遠愛妳
我……永……遠愛妳
我……永……遠……
……
……
……
……
……

終於悲哀的寂寞

我看見無數寂寞的靈魂
然而那些寂寞
始終與我的寂寞錯過

終於
我可以與某人擁抱
從寂寞的上空降落

可是愛了
有時候
可以終止悲傷的寂寞
有時候
卻也成了終於悲哀的寂寞

終於悲哀的寂寞
是一種密佈在每個角落的寂寞

終於你會發現
你的寂寞
不會
只有在天空

之四。聰明的垃圾桶

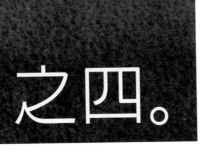

聰明的垃圾桶

每一個人大概都有當垃圾桶的經驗吧！

面對著那個來傾倒的人，我們常常很疑惑，他愛的那個人明明爛透了，怎麼還是放不開？

我們也不解，事實都證明了這感情已到了末路，為什麼還要繼續往前衝？

而更讓我們無奈的是，他答應了你要聰明，第二天又笨了回去。你以為他終於上了岸，但其實他還沉在水底。

有時候我們因為這樣動怒了，於是可憐的那個人，反而面臨了情人不疼朋友痛罵的雙重打擊。

不過，被打擊的也不見得總是他，最令我們傻眼的情況是，他們沒事了，而你反成了他們共同的敵人，他最終因為他（她）而出賣了你，因為那個人是愛情，而你終究只是個朋友。

你心裡這麼想著：真是笨死了活該！

可是聰明如我們，為什麼喚不醒一個沉溺的笨蛋？為什麼？甚至一直聰明的他，又為什麼淪落成這樣？

你有沒有想過，垃圾桶之所以聰明是因為：我們是用「腦」在看這段感情，而那個笨蛋之所以不爭氣，是因為他們始終用的是「心」。

我們能用邏輯用道理去解開一顆心嗎？

這麼比喻吧，當我們面對他的故事，看到的只是一張平滑的紙，我們可以清楚的看見上頭的汙點，可是對那個笨蛋來說，這段感情是個立體的東西，正因為立體有黑暗，也同樣就有「亮」的地方，那個亮是他愛情裡美好的片段，這讓他變成了笨蛋。

我們無法親身經歷那最快樂的點滴，可能就無法能理解那很深很深的悲傷。我們以為自己能想像，但想像與真實永遠有落差。

再想想我們自己吧。當我們回頭看著自己的愛人，似乎也有很多看不開的時候，而那個讓我們看不開的原因，會不會同樣的，也就是那個笨蛋之所以不爭氣的理由呢？

所以當我們得是個垃圾桶的時候，別以為自己有「聰明」的責任。試著來忘記「聰明」這兩個字吧，因為垃圾桶的「天職」，真的，不在「聰明」上。

不過，假如看著這篇文章的你，不是那個垃圾桶而是傾倒的那個人，當下次那個曾經痛罵過你的垃圾桶他也失戀了，也同樣的變成個傻子，而你卻突然有種連你自己都不敢面對的竊喜時，你想說：哈！終於也輪到你了。（我知道這無法控制，因為有時候人性是很複雜），可是你為什麼會竊喜呢？你真該聰明一次啊。

難道你不知道，世界從來就只有聰明的垃圾桶，而永遠，沒有聰明的戀人。

偶像劇

我朋友說，他一點都不喜歡現在的偶像劇。

我問他為什麼，他說：

因為幾乎還是當年瓊瑤劇的翻版，只是將中國風改成了東洋味，而且劇情架構太過老套，又虛幻不切實際。再加上沒有好的演技，編劇沒有設計出口語的對白，也讓演員幾乎像唸台詞般的談情說愛。

這樣的戲完全可以預期，所以男女主角就算愛得快死，我還是無法進入狀況。

我說：

可是這樣的東西就算是重播還是大受歡迎，這可能代表了，時代並不會改變少男少女對於浪漫的憧憬，就像小朋友永遠愛吃麥當勞一樣。

他用很老成的口吻回答：

這是他們的愛情太虛幻。

結果我回去好好的想了一下，什麼是真實的愛情。

1 劇情架構太過老套：我們的愛情充滿創意？

2 虛幻不切實際：我們沒有藉由愛情暫別真實走向片刻的虛幻？

3 沒有好的演技：我們又何嘗不是直到對方或自己不再感動了為止？才發現其實彼此的演技都很糟？

4 唸台詞般的談情說愛：在愛情裡，有幾句都是符合我們最自由的方式，是我們內心最誠實的口白？

5 這樣的戲完全可以預期：我們真不知道會怎麼走嗎？還是，我們其實想要催眠自己去期待、去想像甚至去擔心，因為只有這樣，我們才能投身其中。

所以，我可以這麼下結論嗎？

如果有人說：
你的愛情根本就在複製偶像劇，
那麼他可能也是為你好吧！

可是誰有把握自己的愛情，
不像一部偶像劇？

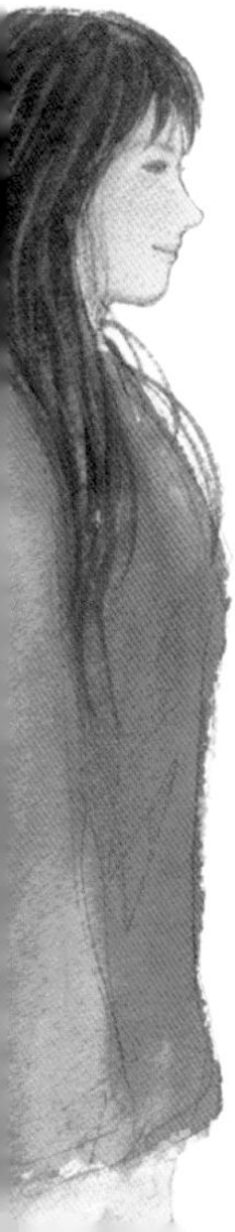

百分之百的情人之模仿

說在前頭，我只把聰明的部分寫在書裡頭。

一開始我們先來思考這個問題，人天生就懂得怎麼戀愛嗎？

答案好像不是，人一定要先學會某些基本運作才有可能順利的戀愛，對不對？

可是這些基本的運作我們是哪學來的？

其實是從他人身上模仿而來的，好比週遭環境乃至大眾媒介都是。

我們甚至也可以這麼說：

現代愛情其實是從有幾個古老的模式複製而來。

所以對人而言如此重要的愛情，某個角度看，確實也只是某種複製罷了。

不過這個答案不完全正確。

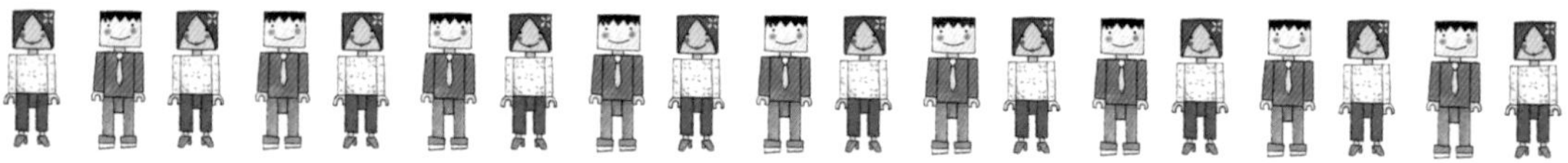

因為戀愛終究還是屬於非常內心的活動，所以就算行為是從模仿而來，當人把自己的心放進模仿裡，愛情就產生了自己的靈魂，也就有了自己的樣貌。

可是人有時候很奇怪，常常要把自己的靈魂給丟了，然後拘泥在別人的模式上。

人在學習某些運作時最常出現的副作用就是，因為模仿所以就忘了自己，同時也忘了對方的。

常常我聽到朋友抱怨自己的情人，都是來自於模仿，更正確的說就是在比較。

比較體貼、比較浪漫、比較禮物、比較陪伴等等。

我總是隱約聽見一個完美的模型，好像是從電視小說或是別人的情人來的。

可是感覺上，總像是某種拼湊出來的東西，少了一點人的血肉。

這類的數落，有很多問題可能還是出在自己的心態吧。

但就算你的情人真缺了很多別人有的，可是他的強項，別人恐怕不見得有，否則，你又為他苦惱什麼呢？離開不就解決了？

另外，我幾乎很少有機會見到那個被抱怨的人，這樣的抱怨不一定公平，因為往往帶著強烈的一面之辭，很難呈現事情的原貌。可是不管怎麼說，那個人身上一定還有你愛上的原因吧。我是這麼猜測的。

當然很多人的求愛求婚或過節也都喜歡模仿，但是這畢竟還是正面的。

我常常想眼前這個抱怨的人，當模仿對他而言不是借力而是框架時，想比較想跟隨的結果，他的痛苦來了，他的愛人也跟著遭殃。

人在愛情裡不感覺自己庸俗，是因爲愛情會使人看到自己的存在感。這種存在感會讓我們肯定自己，也肯定對方是獨一無二的，這也就是愛情之所以迷人的地方。可是當人想透過比較（其實是模仿）來證明自己的選擇時，這是在浪費愛情給你的寶藏。

你可以繼續學習維繫愛情的方法，但是不要流於盲從。

那些不適合你們的就丟回去給別人吧。

你何嘗不能創造你自己的模式呢？

當你從對方所擁有的出發，你會找回自己眞正的需要。

你將型塑出你們的幸福，那時候別人會來模仿你的。

最後我說了，我只把「聰明」寫在書裡頭，透過閱讀或許可以是種更清澈的對話。

至於那些正處情緒上頭的朋友，這世界上有無數聰明的垃圾桶，不缺我這個。想把聰明強加給他們恐怕也只會是在腦裡再打一個死結。

我聽朋友訴苦的時候不喜歡聰明。

偶爾會學周杰倫說「哎喲」，其實效果還不錯。

這也算是一種體貼吧，這體貼是我自己體會而來的，完全沒有模仿。

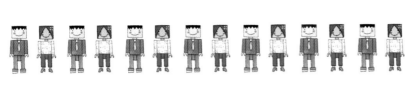

愛情裡的型男

愛情的世界裡，一般來說，有兩種型男。一種是美麗的煙火，另一種是燈光。

煙火型男會讓妳有活在夢裡的感覺。（但是不小心也會把妳給灼傷，而且在高空中，別人容易看到他，他也容易看到別人。）

燈光型男可以讓妳有安全感。（常常收到好人卡，而且某個階段的女生特別喜歡，但是因為有開關，有時候會被別人偷開。）

P.S.以上括號，只是突然有感而發，與本文無關。

談過戀愛的男生都知道，想要得到女孩子的心，這兩種特質多少都要有一點，若完全缺乏，會非常的辛苦。

大部分男生一開始，都選擇要證明自己可以兩者兼具。他們除了要讓對方相信，更糟的是，他們還打從心裡這麼相信自己。

兩者兼具談何容易？

第一：用工廠作業員與廣告創意，不知道合不合適。我要說的是，這兩種特質所需要的心理條件是不一樣的，要任意優游，對大部分人來說，難度頗高。

第二：這種事不是自己說了算，究竟是燈光還是煙火，認定權最後還是握在女生的手上，簡單的說，只要女生沒感受，那麼再怎麼好的人也不是燈光，只要女生不感動，那麼再怎麼浪漫也不是煙火。

第三：即便女生的標準越降越低……男生摸摸自己的良心，兩者兼具一開始好像還不會太難，但要持之以恆？……唉……這大概是大部分的男生（也是女生），最不願面對的真相吧。

不過談到認定權，聽起來好像是男生的敵人，其實並不是，它也可能是男生最好的朋友。

怎麼說呢？

因為就算你是煙火，只是偶爾釋放，但對有些女生來說，她會相信這就是永恆。反過來，也許你無力升空，可是別人認為的燈光，或許在她們心裡，正是最絢爛的。

所以還好，因為女生更複雜，所以月老的線不會只綁在兩者兼具的男生上。

只是，如果正在看這篇文章的你，是一個男生，當你要把話說滿之前，請在心底先打個問號，因為女生就算當時不相信，她也會把它記下來，而且那時效，會比你以為的還要久。

而如果正在看這篇文章的妳，是一個讓人正在花心思想感動的女生，不管是多是少，不管是剛開始或是仍然持續中，看完後面這段話，妳會知道自己是幸福的。

妳的男生是煙火還是燈光？

如果他兩者兼具，那麼我只能說，妳真的很幸運，可是如果他只具備其一，那麼妳也應該開心才是。

沒有一個男生天生就是顆燈泡或是煙火，他們原來也只是一個從媽媽肚子裡蹦出來的寶，就跟妳一樣。

妳知道，現在的這一切，都是因為遇到妳才開始的……

在妳從媽媽肚子裡蹦出來的那一刻，妳怎麼會想到，在將來的某一天，從另一個肚子裡蹦出來的寶，正因為妳而這麼樣的努力著？

後面是附註——

第一：用男女來分。

只是一個簡單的歸類，純粹寫起來方便，我想你們也了解，在愛情裡的角色扮演，男與女有時候是沒有清楚的界線。

第二：妳說兩者都缺乏的男生還是有人愛著，那麼第一點已經回答了，「妳」也是愛情裡的型男。

第三：妳說燈泡也是會壞掉的。那麼妳想的剛好跟我一樣，只要是光，都會有暗下來的時候……

讓人感覺安全的男生不見得愛的比較久，而且，再永恆的愛情，人死了，就結束了。

再說，如果一顆燈泡的時效短於煙火，那不是燈光，比較像是「走火」。

第四：這一項是從第三項延伸而來的。唯一不滅的光是太陽，可是，我為什麼不用太陽來比喻呢？因為它的熱度與亮度太強烈了，但又是這麼自我，毫不在乎別人的需求。有這種人嗎？

如果有，那麼他的人格實在太分裂了，再加上一個「永恆」，妳會不會瘋了？

如果有一天某個人告訴妳，我將是妳永恆的太陽。

妳還是……再確認一下好了。

略懂二

前面有篇**略懂**一裡頭有句話「只有真心，是留不住愛的」，可能會讓部分人誤解，所以在此以**略懂**二作補述。

只有死背，是無法考高分的——不表示不用背了。

只有努力，是不保證必定成功的——不表示不用努力。

簡單的說，要高分要成功，背或努力都是基本的，但除此之外，你還得動動腦袋。

一樣的，「只有真心，是留不住愛的」並不表示就不必真心了，只是恐怕不夠罷了。

從小，我們就學到了愛要真心，於是我們的對愛的思維裡總是：真心、真心、真心、真心。

我們相信真心就理當得到愛，也相信只要真心別人就應該愛我。
於是，我們才會常常聽到有人說：「為什麼要辜負我的真心」。

兵不厭詐是為了什麼？
是為了欺負我們愛的人？要這麼無聊嗎？當然不是！
但想讓彼此幸福更多，持續更久，讓你愛的他，可以更加的愛你，這不是件容易的事，你必須要花點心思。
因為愛如果只有眞心，其實是一種傲慢，也是一種偷懶。

「只有真心，是留不住愛的」，這句話用心良苦，而且，我沒有傲慢的要你們理當了解略懂一，也毫不偷懶的再作了篇補述，從頭到尾我都沒要你們去欺負人！希望你們，略懂。
千萬不要辜負了我的真心！

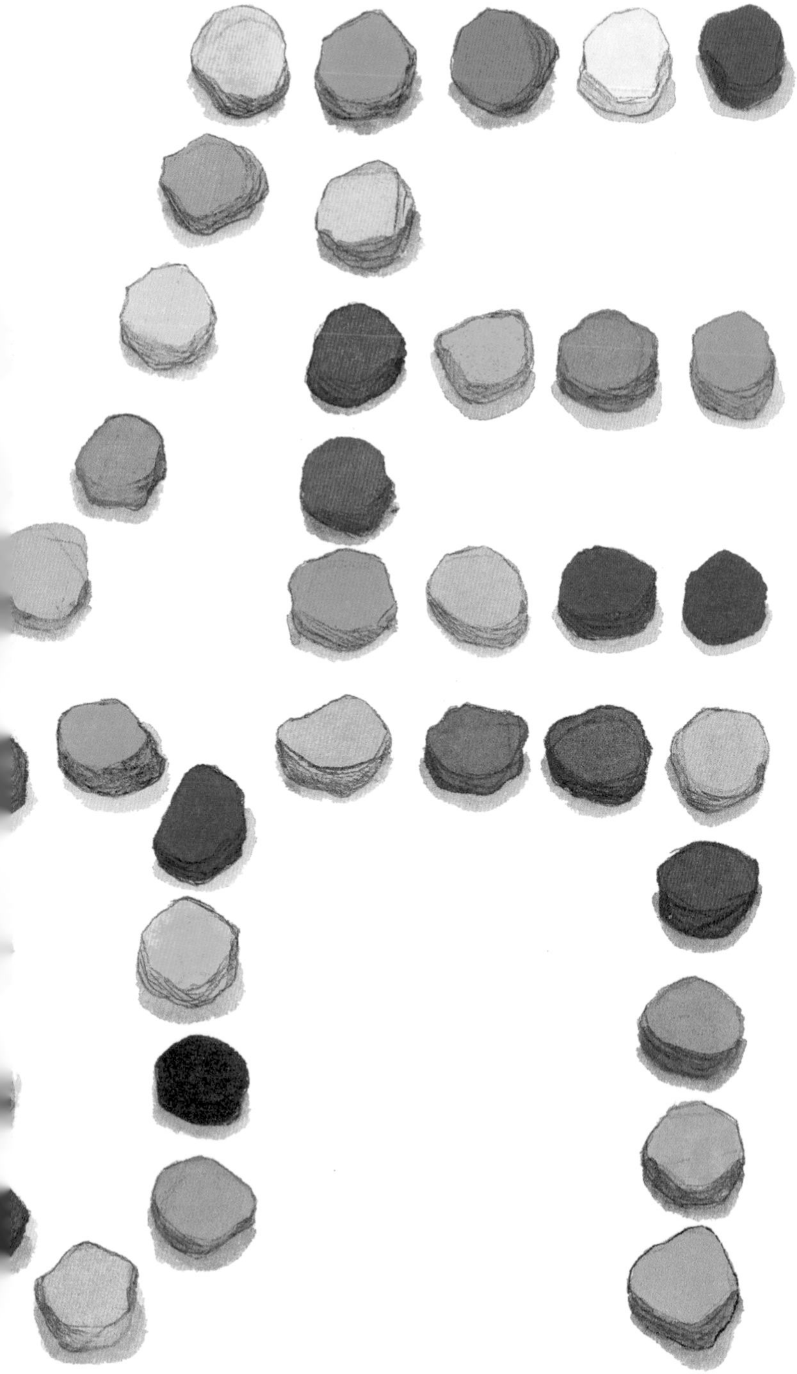

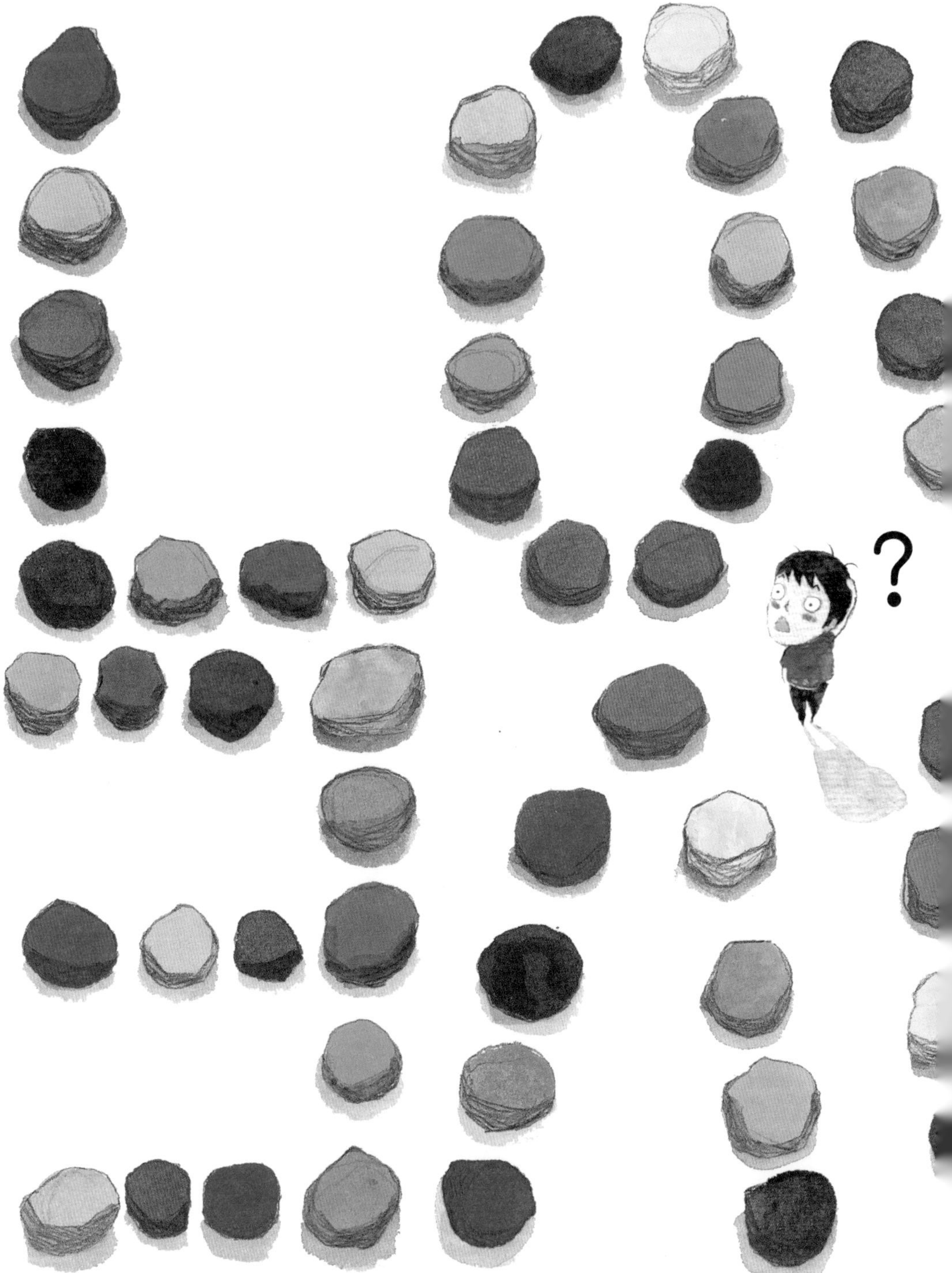

努力不等於成功

為什麼我們常常很努力，還是追不到我們喜歡的人呢？

答案很簡單，因為努力只是一個零件，不是關鍵！

一般來說當我們展開追求，動作大致可以分為：

噓寒問暖、寫卡送禮、做牛做馬、長期抗戰等等。

這些是我們常見的「努力」。

可是大家一定要清楚，想要成功最大的關鍵其實就是！

他得喜歡上你！！！（你一定會說這真是廢話！）

我們來看看假設一切順利的流程圖：

努力
↓
感動
↓
喜歡
↓
成功

可是事實上，我們恐怕得為這張圖再加上正確的附解：

努力

（有可能）↓

感動

（有可能）↓

喜歡

（有可能）↓

成功

但是：

努力

（不保證）↓

感動

（不保證）↓

喜歡

（不保證）↓

成功

大家看清楚了沒？

成功的前面那步是喜歡。

沒有到達這點，那麼努力跟感動再多也沒有用。

我們常發現有些人真的很努力，結果反而是讓對方備感壓力。

有些人的行為真的太感人，最後卻被發了一張好人卡當補償。

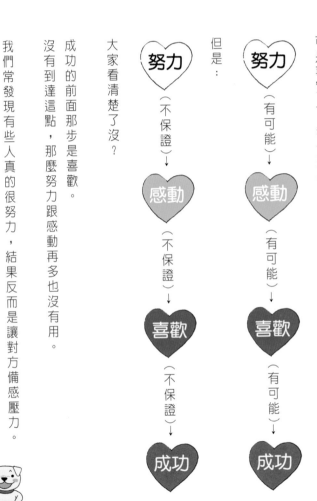

我們最常犯的毛病是太常自以為是，
用我們自認為的努力以為就可以換來感動，
以為我們只要感動了對方，就應該要成功。
因此埋起頭開始暴衝，最後卻是大失所望。
可是原因搞不好是，一開始就衝錯方向了。
因為我們忽略了最重要的是對方要喜歡你。

因此你在他心底得先成為一個迷人的角色，而不是自己心中的。
你的努力都是為了達到這個可能，當然，也有可能達成。
但是你得先找對方向。

我身邊的朋友有很多慘烈的例子，有時候我感覺這樣的行為，
與其說努力反而比較像自虐。
因為我要附帶一提是：

自虐≠努力

自虐更不等於可以成為一個迷人的角色。

我猜你一定還會再問我：
那怎麼樣才可以成為對方心中迷人的角色呢？

你會不會太懶惰了！
我又不認識他要怎麼幫你。
我只能舉個不通用在每個人身上，但卻是比較常見的實例。

有些人跟對方相處的時候其實非常輕鬆，
對方反而因為這種放鬆的快樂而慢慢喜歡上他，
因為這種人所呈現出來的自在與優雅是迷人的。

這中間你看不到努力更沒有任何的自虐，對不對？

至於你喜歡的那個他，心中迷人角色的模樣是什麼？
這答案要靠你自己去挖掘！

只要到了喜歡通常就離成功不遠了（除非你們很複雜），

況且如果他能喜歡你，
那麼努力跟感動都讓他來做不是更酷嗎？

讓我們把最前面那張圖丟掉！

如果你天份還不錯，你可以留著這一張。

如果你真的很平凡，那麼你就留著這個。

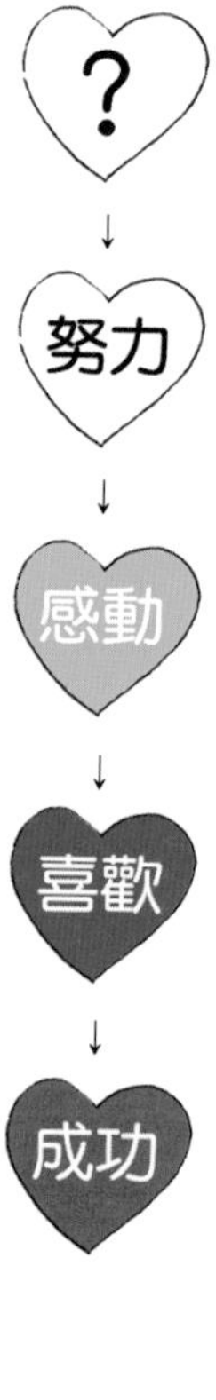

可是前面的問號，你們都要自己填。

其實喜歡這件事也需要很大成份的運氣，可是我想，
遇到這種事，人一定都不甘心讓老天來安排。

所以，當你把這張圖牢記在心裡，
那麼以後就算你還是要努力，
至少會比沒頭沒腦的暴衝好吧。

祝全天下有心人終成情人!!

賴映伃：攝影

後記

二〇〇七年我度過了有點低潮的一年，
雖然工作還是很多，
但是我不想畫畫。
因此這段時期的創作，
我一直想以寂寞來命名。
寂寞很簡單，收錄的是這兩年來關於愛情的創作。

廚師待在廚房，目的只為了炒出一盤好菜，
然後送到每個人的嘴裡，希望好吃而且有營養。

我的期待大概就是這樣。

如果你覺得美味，
那麼我會很開心。

如果營養可以進入你的身體，
那麼創作的寂寞對我來說，
就真的很簡單很簡單。

我認識了一個醫學家
他找到了愛情真正的病因

我認識了一個數學家
他演算出了愛情的邏輯

我認識了一個畫家
他把愛情的臉孔給創造出來了

我認識一個哲學家
他告訴了我愛情的真相

可是
我都沒有跟他們在一起
因為我遇見了一個人

那個人什麼也不懂
他唯一知道的……
是他愛我
而我
剛好也愛他

寂寞很簡單 / 恩佐著. -- 初版. -- 臺北市 :
大田, 民97.10
面 ; 公分. --(視覺系 ; 25)
ISBN 978-986-179-104-3(平裝)

855 97017002

視覺系 025

寂寞很簡單

圖・文：恩佐

出版者：大田出版有限公司
台北市106羅斯福路二段95號4樓之3
E-mail:titan3@ms22.hinet.net
大田官方網站：http://www.titan3.com.tw
編輯部專線（02）2369-6315 FAX（02）2369-1275
【如果您對本書或本出版公司有任何意見，歡迎來電】
行政院新聞局版台字第397號
法律顧問：甘龍強律師

總編輯：莊培園
主編：蔡鳳儀
編輯：蔡曉玲
行銷企劃：黃冠寧
網路行銷：陳詩韻
視覺構成：張珮萁
校對：蘇淑惠／謝惠鈴／蔡曉玲
承製：知己圖書股份有限公司・(04)2358-1803
初版：2008年（民97）十月三十一日
三刷：2011年（民100）七月二十二日
定價：新台幣280元

總經銷：知己圖書股份有限公司
（台北公司）台北市106羅斯福路二段95號4樓之3
TEL:(02)23672044・23672047 FAX:(02)23635741
郵政劃撥帳號：15060393
戶名：知己圖書股份有限公司
（台中公司）台中市407工業30路1號
TEL:(04)23595819 FAX:(04)23595493

國際書碼：ISBN 978-986-179-104-3 / CIP 855 /97017002
Print in Taiwan

廣告回郵
北區郵政管理局登
記證北台字1764號
免貼郵票

From： 地址：

姓名：

*請沿虛線剪下，對摺裝訂寄回，謝謝！

To： **大田出版有限公司　編輯部收**

地址：台北市 106 羅斯福路二段 95 號 4 樓之 3
電　話：(02) 23696315-6　　傳　真：(02) 23691275
E-mail：titan3@ms22.hinet.net

大田精美小禮物等著你！

只要在回函卡背面留下正確的姓名、E-mail和聯絡地址，
並寄回大田出版社，
你有機會得到大田精美的小禮物！
得獎名單每雙月10日，
將公布於大田出版「編輯病」部落格，
請密切注意！

大田編輯病部落格：http：//titan3.pixnet.net/blog/

智　慧　與　美　麗　的　許　諾　之　地

＊請沿虛線剪下，對摺裝訂寄回，謝謝！

閱讀是享樂的原貌，閱讀是隨時隨地可以展開的精神冒險。

因爲你發現了這本書，所以你閱讀了。我們相信你，肯定有許多想法、感受！

讀 者 回 函

你可能是各種年齡、各種職業、各種學校、各種收入的代表，

這些社會身分雖然不重要，但是，我們希望在下一本書中也能找到你。

名字／＿＿＿＿＿＿＿＿ 性別／□女 □男　出生／＿＿＿年＿＿＿月＿＿＿日

教育程度／＿＿＿＿＿＿＿＿

職業：□ 學生□ 教師□ 內勤職員□ 家庭主婦

□ SOHO族□ 企業主管□ 服務業□ 製造業

□ 醫藥護理□ 軍警□ 資訊業□ 銷售業務

□ 其他＿＿＿＿＿＿＿＿

E-mail/＿＿＿＿＿＿＿＿＿＿＿＿＿＿電話／＿＿＿＿＿＿＿＿

聯絡地址：＿＿＿＿＿＿＿＿＿＿＿＿＿＿＿＿＿＿＿＿

你如何發現這本書的？　　　　　　　　　書名：寂寞很簡單

□書店閒逛時＿＿＿＿書店 □不小心在網路書站看到（哪一家網路書店？）＿＿＿＿

□朋友的男朋友（女朋友）灑狗血推薦 □大田電子報或網站

□部落格版主推薦＿＿＿＿＿＿＿＿＿＿＿＿＿＿＿＿＿＿＿＿

□其他各種可能 ，是編輯沒想到的＿＿＿＿＿＿＿＿＿＿＿＿＿＿＿＿

你或許常常愛上新的咖啡廣告、新的偶像明星、新的衣服、新的香水……

但是，你怎麼愛上一本新書的？

□我覺得還滿便宜的啦！ □我被內容感動 □我對本書作者的作品有蒐集癖

□我最喜歡有贈品的書 □老實講「貴出版社」的整體包裝還滿合我意的 □以上皆非

□可能還有其他說法，請告訴我們你的說法

＿＿＿＿＿＿＿＿＿＿＿＿＿＿＿＿＿＿＿＿＿＿＿＿＿＿＿＿＿＿

你一定有不同凡響的閱讀嗜好，請告訴我們：

□ 哲學□ 心理學□ 宗教□ 自然生態□ 流行趨勢□ 醫療保健

□ 財經企管□ 史地□ 傳記□ 文學□ 散文□ 原住民

□ 小說□ 親子叢書□ 休閒旅遊□ 其他＿＿＿＿＿＿＿＿

請說出對本書的其他意見：

大田出版有限公司編輯部 感謝您！